VENTE
Du Mercredi 1er Décembre 1909
HOTEL DROUOT, SALLE Nº 7
à trois heures précises

EXPOSITION PUBLIQUE
AVANT LA VENTE, DE I H. 1/2 A 3 HEURES

TABLEAUX

ANCIENS ET MODERNES

Mᵉ **ANDRÉ DESVOUGES**
COMMISSAIRE-PRISEUR
Successeur de M. Maurice DELESTRE
26, rue de la Grange-Batelière

M. **PAUL SIMONS**
PEINTRE
Expert près le Tribunal civil de la Seine
23, rue des Martyrs

CATALOGUE

DES

TABLEAUX

ANCIENS ET MODERNES

AQUARELLES & PASTELS

PAR

AVIGDOR, C. DE BALTHAZAR, BOMPARD, BOUDIN, CAZIN
CHINTREUIL, DAMOYE, K. DAUBIGNY
FABRÈS, HENNER, G. JACQUET, LEROLLE, ARY SCHEFFER
TROYON, A. WEBER, ETC.

Dont la Vente aux ENCHÈRES PUBLIQUES aura lieu, à Paris

HOTEL DROUOT, Salle N° 7

LE MERCREDI 1ᵉʳ DÉCEMBRE 1909

A TROIS HEURES PRÉCISES

Mᵉ ANDRÉ DESVOUGES	**M. PAUL SIMONS**
Successeur de M. Maurice DELESTRE	PEINTRE
COMMISSAIRE-PRISEUR	Expert près le Tribunal civil de la Seine
26, rue de la Grange-Batelière	23, rue des Martyrs

EXPOSITION PUBLIQUE

Le Mercredi 1ᵉʳ Décembre 1909, de 1 heure 1/2 à 3 heures

CONDITIONS DE LA VENTE

La vente sera faite au comptant.

Les adjudicataires paieront *dix pour cent* en sus des enchères.

L'Exposition mettant le public à même de se rendre compte de l'état et de la nature des objets, aucune réclamation ne sera admise une fois l'adjudication prononcée.

Paris. — Imprimerie de l'Art, Ch. Berger, 41, rue de la Victoire.

DÉSIGNATION

TABLEAUX

AVIGDOR (René)

1 — *Tête de Fillette.*

> Signé à gauche en haut.
>> Panneau. Haut., 55 cent.; larg., 25 cent..

AVIGDOR (René)

2 — *Jeune Fille.*

> Signé et daté à droite.
>> Panneau. Haut., 81 cent.; larg., 65 cent.

BALLAVOINE

3 — *Tête de Femme.*

> Signé à droite en haut.
>> Toile. Haut., 46 cent.; larg., 38 cent.

BALTHAZAR (C. DE)

4 — *Copie du tableau « Le Larmoyeur »*, de ARY SCHEFFER.

Signé à droite.

Toile. Haut., 60 cent.; larg., 61 cent.

BOMPARD (MAURICE)

5 — *Vue de Venise.*

Signé à droite.

Toile. Haut., 46 cent.; larg., 38 cent.

BOUDIN (E.)

6 —- *Port de Fécamp.*

Signé et daté à droite.

Panneau. Haut., 29 cent.; larg., 32 cent.

CAZIN (J.-C.)

7 — *La Route.*

CAZIN (J.-C.)

8 — *La Moisson.*

CHINTREUIL

9 — *Les Lavandières.* (Reproduit au Catalogue.)

Signé à gauche.

Toile. Haut., 35 cent.; larg., 70 cent..

CHINTREUIL

10 — *Jeune Femme dans un paysage.*

Signé à gauche.

Toile. Haut., 32 cent.; larg., 24 cent..

CHINTREUIL

11 — *Les Hérons.*

Signé à gauche.

Toile. Haut., 50 cent.; larg , 1 mètre.

CHINTREUIL

12 — *Coucher de soleil.*

Signé à gauche.

Toile. Haut., 20 cent.; larg., 16 cent.

COCK (César de)

13 — *Le Soir.*

Signé à droite.

Panneau. Haut., 23 cent.; larg., 35 cent.

COULAUD (Martin)

14 — *Dans les genêts.*

Signé à gauche.

Toile. Haut., 38 cent.; larg., 61 cent.

COULAUD (Martin)

15 — *Le Long du ruisseau.*

Signé à droite.

Toile. Haut., 65 cent.; larg., 40 cent.

COULAUD (Martin)

16 — *Dans la Montagne.*

Signé à gauche.

Toile. Haut., 43 cent.; larg., 65 cent.

COULAUD (Martin)

17 — *Le Soir.*

Signé à gauche.

Toile. Haut., 40 cent.; larg., 65 cent.

COULAUD (Martin)

18 — *Sortie du bois.*

Signé à gauche.

Toile. Haut., 40 cent.; larg., 65 cent.

COULAUD (Martin)

19 — *La Rentrée à l'étable.*

Signé à gauche.

Toile. Haut., 43 cent.; larg., 65 cent.

COULAUD (Martin)

20 — *Rentrée la nuit.*

Signé à gauche.

Toile. Haut , 43 cent.; larg., 65 cent.

COULAUD (Martin)

21 — *Le Long des haies.*

Signé à droite.

Toile. Haut., 37 cent.; larg., 62 cent.

COULAUD (Martin)

22 — *Sous les saules.*

Signé à droite.

Toile. Haut., 43 cent.; larg., 65 cent.

COULAUD (Martin)

23 — *Sortie du troupeau le matin.*

Signé à gauche.

Toile. Haut., 65 cent.; larg., 1 mètre.

DAMOYE (E.)

24 — *Montigny-sur-Loing.*

Signé et daté à droite.

Toile. Haut., 33 cent.; larg., 60 cent.

DAUBIGNY (Karl)

25 — *Marine.*

Signé à droite.

Panneau. Haut., 25 cent ; larg., 46 cent.

DAUBIGNY (Karl)

26 — *Bord de rivière.*

Signé à droite.

Panneau. Haut., 40 cent.; larg., 70 cent.

DAUBIGNY (Karl)

27 — *Bateaux et Chalands.*

Signé à gauche.

Panneau. Haut., 28 cent.; larg., 43 cent.

DIAZ (École de)

28 — *La Halte. Paysage avec personnages.*

Sans signature.

Toile. Haut., 21 cent.; larg., 16 cent.

DURANGEL (Léopold)

29 — *Jeune Fille.*

Signé à gauche.

Toile. Haut., 61 cent.; larg., 51 cent.

FABRÈS (A.)

30 — *Dans le harem.*

Signé à droite.

Panneau. Haut., 20 cent.; larg., 41 cent.

FABRÈS (A.)

31 — *Femme arabe jouant de la mandoline.*

Signé à droite.

Panneau. Haut., 55 cent.; larg., 45 cent.

GIRARDET (Karl)

32 — *La Chevrière.*

Signé à gauche.

Toile. Haut., 25 cent.; larg., 17 cent.

GIRARDET (Karl)

33 — *Paysage avec figures.*

Signé à gauche des initiales *K. G.*

Toile. Haut., 19 cent.; larg., 27 cent.

HENNER (J.-J.)

34 — *Éternel Sommeil.*

Signée à droite en haut.

Toile. Haut., 34 cent.; larg., 46 cent.

LEROLLE (Henry)

35 — *Paysage avec personnage.*

Signé à droite.

Toile. Haut., 81 cent.; larg., 65 cent.

POKITONOW

36 — *Cour de ferme.*

Signé à droite.

Panneau. Haut., 18 cent.; larg., 19 cent.

PRUD'HON (École de)

37 — *La Fuite en Égypte.*

Toile. Haut., 77 cent.; larg , 45 cent.

ROSA BONHEUR (Copie d'après)

38 — *Troupeau de moutons.*

Signé à droite : *D. S. Rosa Bonheur.*

Haut., 60 cent.; larg., 73 cent.

TROYON (Constant)

39 — *Étude.*

Cachet de la vente à droite.

Panneau. Haut , 24 cent.; larg., 32 cent.

WEBER (Alfred)

40 — *La Bonne bouteille.*

Signé à droite.

Panneau. Haut., 33 cent.; larg , 24 cent.

WEBER (Alfred)

41 — *La Lettre amusante.*

Signé à droite.

Panneau. Haut , 46 cent.; larg., 33 cent

WEBER (Alfred)

42 — *La Perruque.*

Signé à droite.

Panneau. Haut., 3o cent.; larg., 27 cent.

WEBER (Alfred)

43 — *Le Passage difficile.*

Signé à droite.

Panneau. Haut., 33 cent.; larg., 24 cent

ÉCOLE FRANÇAISE

44 — *Portrait de Femme.*

Toile. Haut., 46 cent.; larg., 55 cent.

ÉCOLE FRANÇAISE

45 — *Paysage.*

Toile. Haut., 25 cent.; larg., 38 cent.

ÉCOLE FRANÇAISE

46 — *Les Pèlerins.*

Toile. Haut., 54 cent.; larg., 65 cent.

Cadre en bois sculpté.

ÉCOLE FRANÇAISE

47 — *Tête de Jeune Fille.* (Étude.)

Panneau ovale. Haut., 27 cent ; larg., 21 cent.

ÉCOLE FRANÇAISE

48 — *Paysage.*

Toile. Haut., 48 cent.; larg., 30 cent.

ÉCOLE ITALIENNE

49 — *Sujet biblique.*

Peinture sur cuivre. Haut., 25 cent.; larg., 16 cent.

AQUARELLES, PASTELS

ARY SCHEFFER

50 — *Jeune Fille en prière.*

Pastel. Signé à gauche.

Toile. Haut., 27 cent.; larg., 21 cent

JACQUET (Gustave)

51 — *La Victorieuse.*

Aquarelle. Signée à droite.

Toile. Haut., 46 cent.; larg., 32 cent.

TROYON

52 — *Les Vaches.*

Pastel. Signé à droite : *C. T.*

Toile. Haut., 20 cent.; larg., 29 cent.

53 — Tableaux omis au Catalogue.